AF452957

Vente des 19, 20, 21, 22, 23 et 24 Avril 1875

RUE DROUOT, 5, GRANDE SALLE, N° 10

Au rez-de-chaussée

TABLEAUX

DESSINS, GRAVURES, MINIATURES

CURIOSITÉS, ARMES, LIVRES

BRONZES, PORCELAINES, FAIENCES

Meubles, Tapisseries

DENTELLES, ARGENTERIE, BIJOUX

EXPOSITION PUBLIQUE : le Dimanche 18 Avril 1875

Mᵉ ÉMILE LECOCQ	M. CH. ROUILLARD
COMMISSAIRE-PRISEUR	EXPERT

PARIS — 1875

Vve RENOU, MAULDE et COCK

IMPRIMEURS DE LA COMPAGNIE DES COMMISSAIRES-PRISEURS

Rue de Rivoli, 144

CATALOGUE

DE

TABLEAUX

ANCIENS ET MODERNES

Des différentes Écoles

DESSINS, GOUACHES, MINIATURES

GRAVURES, LIVRES

Curiosités, Armes, Porcelaines, Faïences, Biscuits
Bronzes, Meubles anciens
Marbre, Tapisseries, Argenterie, Bijoux

DONT LA VENTE AURA LIEU

RUE DROUOT, 5, SALLE N° 10

Au rez-de-chaussée

Les 19, 20, 21, 22, 23 et 24 Avril 1875

À 1 HEURE 1/2 TRÈS-PRÉCISES

Par le ministère de **M° ÉMILE LECOCQ**, Commissaire-Priseur,
rue de la Victoire, 20,

Assisté de **M. ROUILLARD**, Peintre-Expert, rue d'Assas, 68,

CHEZ LESQUELS SE DISTRIBUE LE CATALOGUE.

EXPOSITION PUBLIQUE

Le Dimanche 18 Avril 1875, de deux heures à cinq heures.

PARIS — 1875

CONDITIONS DE LA VENTE

—

La vente sera faite au comptant.

Les Acquéreurs paieront CINQ POUR CENT, en sus du prix d'adjudication.

ORDRE DES VACATIONS

—

Lundi 19 *Avril.* — Cristaux, Faïences, Dentelles, Éventails.

Mardi 20 — — Porcelaines, Biscuits, Armes, Bronzes Meubles, Tapisseries.

Mercredi 21 — — Tableaux.

Jeudi 22 — — Curiosités, Argenterie, Bijoux.

Vendredi 23 — — Miniatures, Dessins, Gravures.

Samedi 24 — — Livres.

DÉSIGNATION

CURIOSITÉS

1 — Beau Cartel Louis XVI, en bois sculpté et doré, ornements à rinceaux, feuilles de laurier et guirlandes de fleurs, avec cadran en émail *éclaté*, surmonté d'un soleil.

2 — Pendule religieuse, à réveil, en bois noir, orné de bronzes, avec cadran argenté et plaque d'ornements repoussés.

3 — Pendule régulateur Louis XVI, dite Squelette, mouvement à jour, sur socle en marbre noir.

4 — Statuette ancienne en marbre blanc : Faune.

5 — Sucrier Louis XVI, avec son couvercle en cristal de Bohême.

6 — Deux Vases Louis XVI, en cristal, bleu turquoise, modèle de Sèvres, montés en bronze ciselé et doré.

7 — Deux Flacons Louis XIII, en cristal, taillé à diamants.

8 — Une paire de Pelle et Pincettes en acier, damasquiné en or.

9 — Narguilé avec son tuyau serpent.

10 — Statuette gothique, bois sculpté : *le Joueur de Vielle.*

11 — La Tour penchée et le Baptistère de Pise et la Tour de Florence; *albâtres.*

12 — Un Chapelet de chevalier de Malte.

13 — Plusieurs Cannes en jonc Louis XVI et Cravaches.

14 — Trois Pipes longues, en cerisier, à bouts d'ambre, fourneaux caroubier, et à tuyaux serpent.

15 — Un Marc de cuivre.

16 — Presse-Papier en marbre rouge, lézard en bronze et Porte-Plume bronze doré.

17 — Statuette gothique, bois sculpté : *Vierge et Enfant.*

18 — Statuette en plâtre : *le Trappiste.*

19 — Tombeau de Scipion, en lave.

20 — Modèle, en dents d'hippopotame, du Saint-Georges : le plus grand vaisseau anglais à voiles, monté par l'amiral Nelson.

21 — La Vénus de Médicis (Albâtre).

22 — La Vénus de Milo (Plâtre).

23 — Évantail Louis XV, en ivoire, avec gouache.

24 — Deux Vases, genre étrusque.

25 — Statuette en terre cuite peinte : *Vierge et Enfant*, dans une niche en bois sculpté.

26 — Deux Vases et un Porte-Montre en **buis**.

27 — Statuette en fonte de fer : *Nègre*.

28 — Statuette en bois sculpté et doré (époque Louis XIV) : *Saint Roch*.

29 — Théière : Chinoise ancienne en étain, gravé.

30 — Tête de Chérubin, en bois sculpté (époque Louis XIII).

31 — Briquet à amadou, ancien, en cuir et argent repoussé.

32 — Médaille en bronze (*Priam et Hélène*). Pièce rare.

33 — Sceau de l'époque de Henri VI provenant des Anglais, lors de l'occupation des provinces normandes.

34 — Deux vieilles Clés cuivre et un Éperon en fer doré, très-ancien.

35 — Figurine en bronze antique représentant un égyptien ; une Statuette d'un évêque, en plomb ; et deux morceaux de flûte en terre cuite remontant à une époque très-reculée.

36 — Petit Plateau genre Bernard Palissy.

37 — Collier chinois avec perles, médaillon en jade rose
et vert.

38 — Hausse-col d'officier en argent et cuivre doré de
1789.

39 — Reliquaire *Saint Charles Borromée*, brodé en argent.

40 — Dessus de Missel en cuivre doré du xiie siècle, style
byzantin.

41 — Coupe en cristal taillé à diamant, montée en bronze
doré, époque Louis XVI (Accidentée).

42 — Dessus de Râpe à tabac en bois sculpté, orné de
trois fleurs de lys.

43 — Buste de *Washington*, en ivoire sur socle.

44 — Couteau indien, poignée en ivoire, ornée d'un
riche travail en argent.

45 — Petit Cippe en bambou sculpté, en forme de baril,
garni en argent.

46 — Cinq Pipes chinoises en bronze, pour opium.

47 — Cinq Nécessaires de table pour Chinois; Couteaux,
Chopstick, etc., dans leur gaîne.

48 — Deux Plaques mosaïque en pierre fine, sujets
oiseaux, branches chargées de fruits et de
feuilles, papillon, etc.

49 — Deux Peignes de paysannes normandes, anciens.

50 — Deux Peignes en écaille blonde et brune ayant appartenu à la reine d'Espagne sous l'Empire Ier, avec la boîte.

51 — Noix de pêche sculptée des deux côtés, sujets de chasse au lion et à l'ours, travail chinois. Très-curieux.

52 — Petite Boîte carrée en cristal bleu de roi, taillé à diamant, monture en bronze doré.

53 — Petit Coffre en cuir *ayant appartenu à Marie Stuart*. Le chiffre de la reine, ainsi que la rose, le chardon et le trèfle sont frappés au petit fer, en or sur le cuir. Pièce très-rare.

54 — Crucifix Louis XIII en nacre gravée très-finement.

55 — Canne plaquée en écaille, avec belle poignée en écaille.

56 — Femme endormie, de Pradier, plâtre.

57 — Cruchon en grès de Saint-Germain, avec ornements en relief.

58 — Pot en grès avec sujets d'enfant, lion, fleurs et feuillages en relief.

59 — Petite Colonnette bois sculpté surmontée d'un buste empereur romain.

60 — Petit Crémier en émail de Chine.

61 — Très-belle *Pendule ancienne* avec son socle en *vernis Martin* fond rouge, décorée de fleurs et attributs de musique, garnie de bronze.

62 — Plateau ovale en acajou et marqueterie de bois de couleur à galerie découpée à jour.

63 — Pendule ancienne en marqueterie de cuivre et écaille garnie de bronze surmontée d'un amour tenant une torche.

64 — Pincette et balai hollandais en bronze, époque Louis XVI.

65 à 67 — Trois Plats en étain, Louis XVI.

68 — Deux Médaillons ovales en argent repoussé. Portraits de Saints.

69 — Trois médailles en argent du règne de Henri IV.

70 — Deux Morceaux d'étoffe pour meubles, en cachemire de soie richement brodé à la main.

71 — Encrier et Poudrière en albâtre et mosaïque de Florence, Presse-papier, etc.

72 — Panier arabe, Têtes et Cornes de bélier, d'isard, de chamois, de chevreuil, Défenses de sanglier, etc.

73 — L'Amour séducteur, émail.

74 — 75 — Deux Émaux, *la Nuit* et la *Deuxième heure* de la nuit.

76 — Héloïse et Abeilard, émail.

77 — Porte-cigares en ivoire avec écusson d'armoiries sculpté, orné à l'intérieur d'une miniature de femme.

78 — Pendule forme lyre, en marbre blanc avec, l'aigle autrichien à deux têtes, ornée de bronze doré.

79 — Pendule Louis XVI en marbre blanc et bronze doré, de Gouttières.

80 — Petite Glace biseautée, époque Louis XIII ornée de cuivres repoussés.

81 — Deux Mouchoirs de poche brodés sur soie.

82 — Une paire de Babouches brodées sur satin.

83 — Une paire de Souliers de dame chinoise, brodés sur satin rouge.

84 — Petite Glace avec ornementations chinoises.

85 — Petit Sac brodé or et argent, travail tunisien.

86 — Sac-étui brodé bleu sur satin jaune.

87 — Sac à parfum brodé or et argent sur satin rouge.

88 — Une paire de Manches satin brodé.

89 — Sac à parfum brodé rouge et bleu.

90 — 91 — Deux Étuis rouges et noirs brodés.

92 — Sac à parfum brodé vert.

93 — Étui double brodé en satin jaune.

94 — Petit Sac brodé bleu et jaune.

95 — Morceau de soie brodée.

96 — Sac long brodé sur drap rouge.

97 — Étui double brodé sur satin bleu.

98 — Sac brodé or sur satin bleu.

99 — Un Collier vert, un Collier rouge, un Bracelet
jaune, une Bracelet bleu, un autre perles vertes,
deux perles et glands, Objets de toilette et décoration de dames chinoises.

100 — 101 — Deux Porte-éventails brodés, avec glands.

PORCELAINES

102 — Trois Assiettes en porcelaine de Sèvres : portraits
de *Lacépède*, du général *Bisson* et du *duc d'An-
goulême*.

103 — Quatre Compotiers et trois Assiettes en porcelaine
de Chine.

104-105 — Deux petits Vases en porcelaine de Japon et
Chine, monture en bronze doré.

106 — Tasse et Soucoupe porcelaine de Saxe à médaillon
représentant la *Bourse de Berlin*.

107 — Petite Jardinière en porcelaine de Chine, de forme
carrée, à côtés bombés.

108 — Deux Soucoupes et trois Tasses en porcelaine de
Chantilly.

109 — Tasse en porcelaine avec soucoupe du temps de
l'Empire.

110 — Petite Coupe à deux anses, de forme ovale, porcelaine de Chine.

111 — Tasse porcelaine de Chine, à bord côtelé.

112 — Groupe en porcelaine de Sèvres, sujet mythologique composé de trois personnages.

113 — Pot à anse en porcelaine de Chine, à panse côtelée,
avec armoirie sur fond bleu, surmontée d'une
couronne.

114 — Statuette en porcelaine de Saxe. — Apollon.

115 — Vase à fleurs en porcelaine du Japon, décor bleu.

116-117 — Deux Soucoupes, l'une en porcelaine de Chine
à bord côtelé, l'autre en Saxe.

118 — Un Crèmier et deux Tasses et Soucoupes en porcelaine de Sèvres, pâte tendre, décor de fleurs,
camaïeu rose.

119 — Tasse et Soucoupe en porcelaine de Sèvres, pâte
tendre à semis de rose.

120 — Tasse et Soucoupe en porcelaine de Saxe, à sujet
le *Départ* et le *Retour de l'école.*

121 — Tasse en porcelaine de Saxe, fond grenat à médaillon camée vert sur fond blanc representant
Hippocrate avec attributs.

122 — Tasse en porcelaine de Sèvres sur fond bouton
d'or, sujet mythologique.

123 — Deux petits Pots et trois Tasses en porcelaine de
Sèvres, pâte tendre.

124 — Quatre Assiettes creuses en porcelaine de Sèvres,
pâte tendre à filets bleu et or, décor de bouquets de roses.

125 — Une Théière, un Crèmier, un petit Sucrier, une
Tasse en porcelaine de Sèvres, pâte tendre.

126 — Boîte à thé en porcelaine du Japon.

127 — Tasse en porcelaine de Saxe.

128 — Cinq Assiettes en porcelaine du Japon, décors de
fleurs.

129 — Assiette à pans coupés en porcelaine de Chine,
décors personnages.

130 — Six Tasses et Soucoupes et trois Théières en porcelaine de Chine et du Japon.

131 — Bol porcelaine du Japon.

132 — Sucrier avec couvercle et plateau en porcelaine
française, or en relief, décor de fleurs.

133 — Deux Compotiers et deux Assiettes, porcelaine de
Chine.

134 — Plat rond en porcelaine de Chine, fond blanc,
décor de fleurs et armoiries.

135 — Plat ovale en porcelaine de Chine, fond blanc,
décor de fleurs et armoiries.

136 — Plat rond en porcelaine de Chine, décor vase de
fleurs.

137 — Très-beau Plat, de forme contournée, en porcelaine
de Chine, sur fond bleu, dentelle avec quatre
cartels de fleurs et papillons.

138 — Vase à fleurs en porcelaine de Chine, à panse
côtelée, monté en bronze.

139 — Vase en porcelaine de Chine, de forme ronde, à
panse côtelée, garni de bronze.

140 — Petit Vase avec couvercle, en porcelaine du Japon,
monté en bronze.

141 — Une Tasse et sa Soucoupe en porcelaine de Chine
et trois Soucoupes en Japon.

142-143 — Une Tasse et sa Soucoupe en porcelaine de
Saxe, pâte tendre, décor de paysage, et un petit
Pot à crème en Sèvres, décor camaïeu rose.

144 — Petite Théière en porcelaine de Chine, avec pieds
formés par des branchages.

145 — Cabaret en Sèvres, pâte tendre, époque Pompa-
dour, consistant en un plateau, une théière et
son couvercle, sucrier et son couvercle, pot au
lait, décor ornements bleu et or et bouquets
peints par Bertrand.

146 — Compotier en Sèvres, pâte tendre, décor bouquets.

147 — Compotier Sèvres, pâte tendre, décor perles et
bleu barbeau.

148 — Tasse et Soucoupe, décor bleu or et bouquets,
pâte tendre de Sèvres (L'anse manque).

149 — Tasse et Soucoupe Sèvres de la R. F., pâte dure, décor moitié fond jaune moitié blanc, dessin noir sur fond jaune et roses sur fond blanc.

150 — Tasse et Soucoupe Sèvres, pâte tendre, deux tiers fond bleu et un tiers fond blanc, décor oiseaux, fleurs, etc. Très-riche (La soucoupe accidentée).

151 — Confiturier triangulaire Sèvres, pâte tendre, fond blanc et or.

152 — Beurrier Sèvres pâte tendre, décor paysage en camaïeu rose Du Barry (Accidenté).

153 — Assiette Sèvres pâte tendre, décor bouquets.

154 — Petit Plateau Sèvres pâte tendre, fond violet, décors variés.

155 — Deux Tasses et Soucoupes, deux Sucriers et Couvercles, une Théière et son Couvercle, un Pot à lait Sèvres, pâte tendre, décor fond blanc et or, semis de fleurs.

156 — Tasse et Soucoupe Sèvres, pâte tendre, fond blanc et or.

157 — Coquetier Sèvres, pâte tendre, décors bouquets (Accidenté).

158 — Soucoupe Sèvres, pâte dure, décor bord noir et or, guirlandes de fleurs au centre avec le chiffre de Louis-Philippe couronné (Service de Trianon).

159 — Pot à lait Sèvres, pâte dure, fond blanc avec le chiffre de Louis-Philippe couronné en rouge (Service des Tuileries).

160 — Salière à trois compartiments Sèvres, pâte tendre, blanc et or.

161 — Écuelle avec anses et couvercle et son plateau, richement décorée de fleurs, fruits et oiseaux exotiques, porcelaine pâte tendre de Mennecy-Villeroy.

162 — Trois Tasses et cinq Soucoupes, un Sucrier et son Couvercle, décors paysage et sujets, genre Watteau, pâte tendre de Mennecy-Villeroy.

163 — Tasse, pâte tendre de Chantilly, fond blanc, bord bleu avec les armes du prince de Condé en bleu sur écusson.

164 — Coquetier à pied, pâte tendre de Chantilly, décor bleu.

165 — Deux petits Pots à toilette, pâte tendre Bourg-la-Reine, décor bleu.

166 — Deux Soucoupes, pâte tendre de Saint-Cloud (Marque au soleil), gaufrées, décor bleu.

167 — Petite Théière avec son Couvercle, pâte dure, porcelaine de la fabrique de Locié à la Courtille, décor or et semis de fleurs.

168 — Théière fabrique de Locié, pâte dure, décors bouquets.

160 — Théière, pâte tendre de Mennecy-Villeroy, décor oiseaux exotiques.

170 — Encrier, fabrique dite Angoulème, pâte dure, décor bleu barbeau et or.

171 — Service en vieux Worcester, décor blanc et bleu, composé de quatorze Tasses et Soucoupes, une Théière avec son Couvercle, un Pot à lait, un Bol, un Sucrier et Soucoupe marqué d'un Croissant.

172 — Broc avec son Bassin en Worcester (marque W), riche décor fleurs et arabesques avec médaillons, attributs de chasse.

173 — Grand Vase, forme Médicis, en Crown-Derby, très-riche de décor et de couleur, fond bleu et or, dessin camaïeu rose.

174 — Deux Tasses et Soucoupes en Saxe, décor camaïeu bleu.

175 — Vase bleu de roi en Sèvres, pâte dure, monté en bronze doré.

176 — Quatre Tasses et Soucoupes en Saxe, fond jaune, décor fleurs.

177 — Tasse et Soucoupe à chocolat en porcelaine de Berlin, très-riche décor, feuillage en or.

178 — Six Tasses porcelaine d'Amsterdam, décor fleur, camaïeu rose.

179 — Petite Tasse et Soucoupe chinoise avec la marque dite au Cachet, forme très-gracieuse, décors variés.

180 — Petite Tasse chinoise, décors sujets et paysage.

181 — Tasse et Soucoupe, Sèvres du Directoire, pâte dure, fond jaune, décor or et perles (Anse brisée).

182 — Tasse et Soucoupe, porcelaine de Déruelle, pâte dure, décor or et bouquets.

183 — Théière japonaise ou indienne, très-riche de décors, dessin sous l'émail, dessus décoré de fleurs, oiseaux et sujets.

184 — Tasse et Soucoupe en Saxe, blanc et or.

185 — Tasse japonaise, décor camaïeu rose.

186 — Petit Pot en Japon, avec Couvercle, décor fleurs, etc. (Réparé).

187 — Tasse chinoise avec sujets, dessin vert.

188 — Riche Service à dessert, porcelaine anglaise, pâte tendre en spode fond jaune, avec paysage et décor fleurs, très-joli de forme et très-beau d'ornementation, composé de vingt-trois assiettes, grande pièce du milieu, quatre grands compotiers, quatre plus petits et quatre ronds.

189 — Deux Figurines allemandes de Hoechst, fabrique de M. Dahl : *Jeune Fille et jeune Garçon.*

190 — Petit Chien en porcelaine de Saxe.

191 — Petite Figurine en porcelaine de Vienne, très-fine.

192 — Deux Statuettes en vieux blanc de Chine, représentant des dieux allégoriques.

193 — Statuette représentant une *Arlequine*, vieille porcelaine de Chelsed.

194 — Statuette, pâte tendre représentant le dieu Mars.

—

BISCUITS DE SÈVRES

195 — Très-belle Pendule Louis XVI en biscuit de Sèvres. Sujet : *la Cruche cassée*.

196 — Groupe en biscuit de Sèvres, pâte tendre : *Diane chasseresse*.

197-198 — Deux Statuettes en biscuit de Sèvres, pâte tendre : *le Joueur de cornet* et *le Joueur de flûte* (Accidentées).

199 à 201 — Trois Statuettes en biscuit, pâte dure (Accidentées).

202-203 — Deux groupes en biscuit de Sèvres : *les Moissonneurs*.

204 — Un groupe en biscuit de Sèvres, à trois personnages : Jardinier et Jardinière, avec un petit Amour couronné de fleurs.

205 — Statuette en biscuit de Sèvres : *Jeune femme caressant deux colombes.*

206 — Groupe en biscuit de Sèvres représentant une *Muse* jouant de la mandoline, un *petit Amour* l'écoute.

207 — Groupe en biscuit de Sèvres : *Vénus et l'Amour.*

FAIENCES

208 — Statuette de *Capucin*, en faïence, de *Bernard Palissy.*

209 — Un grand Saladier en faïence de Rouen, avec *personnage turc.*

210 — Un Saladier en faïence de Rouen *restauré*; décor de fleurs.

211 — Sept Assiettes en faïence de Rouen à filets noirs, et décor d'oiseaux au milieu de feuillages.

212 — Deux Assiettes en faïence, à fleurs et feuillages bleus.

213 — Deux petits Plats craquelés à ornements bleus.

214 — Une Assiette en faïence de Rouen, à bordures aux couleurs de l'arc-en-ciel.

215 — Deux Assiettes en faïence de Rouen : *Saint Boucheron*; décor à filets, bleu, jaune et noir.

216 — Une Assiette en faïence; ornement à *rosace* et *bouquet.*

217 — Trois Assiettes en faïence de Rouen : *Corbeilles de bluets.*

218 — Une Assiette en faïence de Rouen : *Vase de fleurs,* avec rinceaux.

219 — Une Assiette en faïence de Rouen : *Panier fleuri.*

220 — Une Assiette en faïence de Rouen : *Chèvre* à côté d'une haie.

221 — Une Assiette en faïence de Rouen : *la Fileuse.*

222 — Une Assiette en faïence de Rouen : *Oiseaux* se reposant sur une *corbeille de fleurs.*

223 — Quatre Assiettes en faïence de Rouen : *Colombes* surmontées d'une *couronne.*

224 — Deux Assiettes en faïence de Rouen : *Perroquet.*

225 — Trois Assiettes en faïence de Rouen : *le Renard et le Corbeau.*

226 — Deux Assiettes en faïence de Rouen : *Oiseau sur son nid.*

227 — Une Assiette en faïence de Rouen, à bordure bleue : *Coq.*

228 — Deux Assiettes en faïence de Rouen, à la *Corne.*

229 — Une Assiette en faïence de Rouen : *Aigle impérial.*

230 — Quatre Assiettes en faïence de Rouen : *Coq et Papillon.*

231 — Trois Assiettes en faïence de Rouen, dont deux
représentant la Bastille avec l'inscription : *Vain-
cre ou mourir*, et une représentant une fontaine
jaillissante et un cygne.

232 — Petite Jardinière en faïence de Rouen.

233 — Deux Vases en faïence, genre italien, à dessins
orange, vert et jaune, avec médaillons-portraits,
peints sur émail cru.

234 — Groupe faïence de Saxe, représentant *Archimède*.

235 — Soucoupe en faïence de Strasbourg.

236 — Deux Coupes en faïence ancienne, avec bordure
découpée à jour (imitation Osier).

237 — Deux Vases à fleurs en faïence de Rouen, décors
chinois.

238 — Saladier en vieux Rouen, décors fleurs et feuillages.

239 — Belle Soupière avec couvercle, à pans coupés, en
faïence de Rouen, dessin à la Corne.

240 — Huilier en faïence de Strasbourg, avec ses burettes en verre de Bohême taillé.

241 — Sucrier, avec couvercle, en faïence de Strasbourg.

242 — Soupière ronde, avec son couvercle, en faïence de
Rouen.

243 — Six Pots à crème, avec couvercle, en faïence de
Rouen.

244 — Jardinière en faïence de Delft, de forme ovale, à piédouche, décor bleu, sujet chinois.

245 — Six Pots à crème, avec couvercles en faïence de Strasbourg, décors de fleurs.

246 — Cafetière en faïence de Strasbourg, à anse, forme serpent.

247 — Crèmier en terre de pipe, décor genre Strasbourg.

248 — Porte-Huilier en faïence de Rouen, représentant un vaisseau.

249 — Petite Jardinière en faïence de Rouen, de forme contournée.

250 — Saucière en faïence de Strasbourg.

251 — Trois Cuillères à sucre en faïence.

252 — Baguier en faïence de Rouen, surmonté d'une statuette représentant une *jeune femme assise*, pied Louis XV.

253 — Deux Bateaux en faïence de Saxe, fond blanc, à filets et fleurettes bleus.

254 — Deux Jardinières en faïence de Rouen, Louis XV, représentant *deux commodes*, à décor de fleur.

255 — Groupe en faïence de Saxe, représentant un *Berger aux pieds d'une Bergère*.

256 — Tasse en faïence de Chine, décor d'animaux.

257 — Plat à pans coupés, en faïence de Delft, décor d'ornements bleus.

258 — Statuette en faïence : *le Joueur de cornemuse*.

259 — Poule en faïence de Rouen,

260 — Un Brûle-Parfums en faïence de Saxe, avec fleurs en relief et pied à rinceaux, sur lequel une petite fille est asssise.

261 — Cuiller à potage en faïence ancienne et une Pelle à sucre aussi en faïence.

262 — Jardinière en faïence de Rouen, à pans coupés.

263 — Pot à goulot et anse en faïence italienne.

264 — Jardinière en faïence de Sceaux.

265 — Sucrier avec couvercle et plateau en faïence de Strasbourg, décor de fleurs à bouton poire.

266 — Très-beau Cruchon en faïence de Rouen orné de deux médaillons camaïeu bleu, représentant *saint Denis* et *sainte Anne*, de deux médaillons de fleurs et d'un petit cartel représentant saint Joseph, avec l'inscription : *saint Denis, sainte Anne, 1761 M.C.*

267 — Soupière avec couvercle en faïence de Rouen, décor chinois. (Très-fin.)

268 — Cruchon en faïence de Rouen, décor d'ornements Louis XIV sur fond blanc, orné de fleurs et de papillons, portant l'inscription : *Charles Davoult, 1775.*

269 — Deux Vases en faïence de Rouen à bouquets de fleurs et papillon sur fond blanc.

270 — Douze Assiettes en terre de pipe, décor varié.

271 — Plat rond en faïence de Delft, décor bleu : vase de fleurs.

272 — Saladier en faïence de Rouen, bord contourné, décor de fleurs bleues.

273-274 — Deux Plats ronds en faïence de Delft, à marguerites et feuillage, décor polychrome.

275 — Sept assiettes en faïence de Rouen, décor *fleurs et oiseaux*.

276 — Assiette en faïence de Strasbourg, décor bouquet de roses.

277 — Plat rond en vieux Rouen, bord contourné, décor *perroquet, oiseaux, fleurs et papillons*.

278 — Plat rond en Rouen, bord contourné : bouquet de roses.

279 — Corbeille en faïence de Saxe, découpée à jour, sujet d'oiseaux exotiques.

280 — Plat ovale à bord contourné, en faïence de Rouen, décor à la Corne.

281 — Grand Cache-Pot Rouen, décor bleu avec paysage.

282-283 — Deux Buires forme casque, en faïence de Rouen, décor bleu.

284 — *Douze Assiettes en faïence de Rouen, émail blanc,
bordure bleue, couronne royale de France au
centre, polychrome; au-dessous, deux grandes L
chiffre royal, entrelacées, dorées. Ces assiettes
proviennent du service personnel de Louis XIV,
lorsqu'il vendit son argenterie pour payer les
frais de la guerre de Hollande.

285 — Deux Cornets-Vases en ancienne faïence de Nevers,
décor bleu; personnages de l'époque Henri II.

286 — Petit Vase en faïence de Rouen très-ancienne,
décor bleu.

287 — Plat creux en faïence de Rouen, décor bouquets
polychrome.

288-289 — Deux Assiettes, dessin à la Corne, en faïence
de Rouen.

290 — Compotier, dessin à la Corne, en faïence de
Rouen.

291 — Assiette, décor bleu, en Nevers.

292 — Brûle-parfums sans couvercle, en faïence de
Rouen; riche décor bleu.

293-294 — Deux Plateaux en faïence de Strasbourg,
bordure à jour, décor fleurs.

295 — Théière, forme chou-fleur, jaune et verte.

296 — Tasse et Soucoupe en terre blanche émaillée,
décor blanc et or, avec les armes de la maison
de Lorraine en bleu sur la tasse et la croix de
Lorraine également en bleu dans la soucoupe;
la tasse porte la date de 1654.

297 — Grande Potiche très-ancienne, genre Pompéi
(Accidentée).

298 — Grand Plat creux en faïence napolitaine de Giusti-
niani, décor Pompéi (Accidenté).

299-300 — Deux Statuettes en terre blanche émaillée.

301 — Chèvre en terre cuite, peinte et émaillée.

302-303 — Deux Statuettes : le *Patineur* et le *Joueur de
biniou*, en terre émaillée.

304 — Deux Raviers en ancienne faïence anglaise, à
côtes, décor bleu.

305 — Beau Vase porte-bouquets Louis XVI, en terre de
pipe, à anses représentant des têtes d'anges.

306 — Quatre petites Tasses à thé en vieille faïence
anglaise, décor bleu.

307 — Belle Salière en faïence de Marseille, représentant
trois citrons placés sur une feuille.

308 — Trois Vases porte-bouquets en faïence de Strasbourg. Décor de bluets et filets roses.

309 — Soupière avec couvercle et son plateau en faïence
de Rouen.

CRISTAUX

321 — Bouteille avec anneau et double goulot en verre de Venise.

322 — Deux Burettes en verre, genre Venise.

323 — Sucrier et Couvercle en verre de Venise taillé.

324 — Huilier et ses deux Burettes en verre de Venise.

325 — Sucrier en verre de Venise, orné d'étoiles taillées.

326 — Sucrier sans couvercle en verre de Venise taillé.

327 — Burette en verre de Venise taillé à pans coupés.

328 — Deux Tasses à anses en verre de Bohême taillé et doré.

329 — Deux Burettes en verre de Bohême taillé et doré.

330 — Deux Salières en verre de Venise avec pieds Louis XV.

331 — Bouteilles à quatre compartiments, très-bien gravées, monture en argent.

332 — Vidrecome allemand aux armes du Saint-Empire, avec l'aigle à deux têtes, ailes éployées, avec les armes électorales très-finement peintes (Accidenté).

333 — Trois Bouteilles Louis XIV avec chacune une grosse fleur de lys, probablement mesures du temps.

334-335 — Deux Bouteilles même époque, gaufrées.

336 — Burettes à huile et mosaïque formant deux figures
sur un même pied.

337-338 — Deux Vidrecomes gravés, très-anciens.

339 — Grand Verre à pied cristal taillé, pour mariage,
dans sa boîte.

340 — Verre de mariage dans sa gaîne en cuir, richement
gravé.

341 — Verre avec trois fleurs de lys gravé.

342 — Verre de mariage dans sa gaîne en cuir avec un M
gravé.

343 — Salière sur quatre pieds.

344-347 — Quatre Verres de mariage richement gravés et
taillés.

348 — Une petite Salière.

349 — Quatre Verres de mariage fins et bien taillés.

350 — Une petite Bouteille.

351 — Quatre Verres gravés avec chiffres et couronnes
portant la date de 1767.

352 — Quatre Verres à pied richement taillés et gravés.

353 — Trente-six Verres différentes formes, à pied, fili-
granés blancs dans le pied.

354 — Cinquante Verres à pied, très-anciens, de diverses
formes.

355 — Compotier avec son couvercle et son plateau.

356 — Soixante-dix Verres à pied de toutes formes, très anciens.

357 — Trois Compotiers avec leurs couvercles.

358-359 — Petit Huilier avec ses Burettes et deux Verres à liqueurs en verre de Venise.

360 — Animal fantastique en verre de Venise.

——

ARMES

361 — Joli Fusil de chasse à deux coups, de la fabrique de Boutet, à Versailles, avec garnitures en argent finement ciselées et crosse sculptée.

362 — Sabre de général du premier Empire, lame en damas, fourreau en cuir, garni en argent.

363 — Épée Louis XIV, poignée en argent ciselé.

364 — Couteau de chasse Louis XVI, poignée en ivoire vert.

365 — Épée de mousquetaire.

366 — Couteau de chasse Louis XVI, poignée ébène et argent, avec fourreau.

367 — Yatagan algérien, poignée argent, avec fourreau, bois sculpté.

368-369 — Deux paires de Pistolets, dont l'une à pierre et l'autre à piston.

370 — Poignard Louis XIII en acier.

371 — Un Fusil de chasse, calibre 16, système Béringer. Très-bien ciselé.

372 — Couteau de Kabyle, avec sa gaîne en cuivre.

373 — Tronçon d'épée anglaise de l'Ordre de la Jarretière, avec inscription : *Honni soit qui mal y pense,* gravée sur la lame.

374 — Deux Couteaux arabes dans une gaîne en maroquin, dont l'un pour manger et l'autre pour raser la tête.

375-376 — Poire à poudre garnie en argent, ayant appartenu au prince de Bourbon-Condé, et une Poire à poudre arabe.

BRONZES

377 — Deux Bras Louis XVI, en bronze doré, à deux lumières.

378 — Deux Bras Louis XIV, en bronze doré, à deux lumières.

379 — Deux Flambeaux Louis XVI en bronze doré.

380 — Plat à jour, en bronze doré; style Louis XIV.

381-383 — Un Flambeau et un Bougeoir Louis XIV et un Bougeoir Louis XV en bronze.

384 — Cadre ovale Louis XVI, ornements à feuilles de laurier et nœud de rubans.

385 — Six petits Cadres ovales Louis XVI, à nœud de rubans, en bronze doré.

386 — Deux Cadres ronds Louis XVI, en bronze doré, à nœud de rubans.

387 — Deux Cadres Louis XV, de forme contournée, en bronze ciselé et doré.

388 — Un Cadre ovale Louis XVI et à pans coupés, en bronze ciselé et doré.

389 — Deux petits Cadres-Chevalet Louis XVI, en bronze ciselé et doré.

390 — Petit Vase Louis XVI, à anses, en bronze doré.

391-392 — Un pied de Vase Louis XVI et trois pieds de Table, même style, en bronze doré.

393 — Deux Flambeaux anciens en cuivre poli.

394 — Satyre à cheval sur un griffon ; bronze ancien.

395 — Bassinoire Louis XIII en cuivre jaune repoussé.

396 — Deux Lutteurs ; bronze antique.

397 — Statuette équestre en bronze : *le Mamelouck*.

398-399 — Deux Bustes en bronze : Démosthène et Socrate.

400 — Le Lancier polonais ; bronze par E. Fournier.

401 — Groupe en bronze vert : Grenouilles tirant la savate.

402 — Grenouille jouant de la mandoline; bronze.

403 — Un Vase à anses, forme coupe, en bronze vert antique et doré.

404 — Un Porte-Allumette, style Louis XVI, en bronze doré, avec bas-reliefs en bronze oxydé.

401 *bis* — Deux Bras Louis XVI, en bronze doré à huit lumières.

402 *bis*-403 *bis* — Deux Statuettes marbre et bronze, Voltaire et Rousseau.

404 *bis* — Deux Flambeaux Louis XVI en bronze doré.

405 — Deux Flambeaux Louis XIV, en bronze gravé.

406 — Deux petits Cadres ovales Louis XVI en bronze doré pour miniatures.

407 — Deux Flambeaux Louis XV en bronze argenté.

408-409 — Deux Médaillons en bronze par David. — Portrait du baron Taylor et d'Alexandre Dumas père.

MEUBLES

410 — Un Bureau Louis XVI, en marqueterie de bois rose, orné de bronzes.

411 — Une Commode Louis XVI à secret, coins arrondis en marqueterie de bois de couleur, ornée de bronze à dessus de marbre.

412 — Une petite Commode d'enfant Louis XVI en marqueterie de bois rose, ornée de bronze.

413 — Une Glace, cadre en bois sculpté Louis XIV, très-riche d'ornements.

414 — Un Écran Louis XVI en bois sculpté.

415 — Un petit Bureau écran Louis XVI en acajou, à galerie et filets cuivre.

416 — Bibliothèque vitrine ancienne en bois de rose, à deux vantaux, ornée de bronzes et à dessus de marbre, ayant appartenu à Marie-Élisabeth Joly, enterrée au Mont-Joly, près Falaise.

TAPISSERIES

417 — Plusieurs Tapisseries anciennes.

DENTELLES

418 — Quarante et un lots de Dentelles, applications de Bruxelles, Valenciennes, Point à l'aiguille, Malines, Guipure, Point au tambour, Angleterre, Point d'Alençon, Calais, Caen, etc., etc.

ÉVENTAILS

419 — Vingt-huit Éventails, Louis XIV, Louis XV, Louis XVI, époque de la Révolution, du Consulat, etc., etc.

———

ARGENTERIE, BIJOUX, ÉMAUX, PIERRES DURES, ETC.

420 — Joli Service à dessert, en vermeil et cristal doré, composé de dix-huit fourchettes, dix-huit cuillères et dix-sept couteaux.

421 — Une Écritoire en argent.

422 — Cafetière Louis XVI en argent, manche ébène.

423 — Timbale à bouillon en argent, à anses, avec son plateau, Louis XVI.

424 — Un Huilier, deux Salières doubles et un Moutardier Louis XVI, en argent finement ciselé.

425 — Collier en or émaillé orné de turquoises.

426 — Joli Flacon, forme vase, style Louis XVI, en argent ciselé et doré.

427 — Montre de femme en or émaillé bleu.

428 — Petite Tabatière en argent doré et émaillé.

429 — Montre d'homme en or, à remontoir.

430 — Deux boucles d'oreilles en cristal de roche.

431 — Un Collier avec sa croix et deux Boucles d'oreilles en lapis du Mont-Blanc.

432 — Deux Boucles d'oreilles en or émaillé bleu et perles fines.

433 — Bijou de col ancien en argent doré et pierres.

434 — Bouilloire argentée Louis XVI.

435 — Deux Réchauds ronds Louis XVI en plaqué.

436 — Agrafe double en argent repoussé, époque Louis XIV.

437 — Petite Plaque de Collier en argent, forme papillon, terminée par un Saint-Esprit, enrichie de marcassite.

438 — Parure Louis XVI, collier et pendants d'oreilles en or émaillé bleu, ornés de perles fines.

439 — Une paire de Boucles d'oreilles Louis XIV en or et émeraudes.

440 — Broche de forme originale, exécutée entièrement en perles fines.

441 — Camée indien allégorique en pierre dure, monté en or, représentant une tête d'homme, les oreilles formées par une tête de lion et une tête d'éléphant, et la barbe par deux dauphins entrelacés.

442 — Décoration dite du Lys avec couronne et portrait
de Louis XVIII.

443 — Deux Cornalines intailles, portraits d'hommes.

444 — Deux Boutons en nacre, figures sculptées montées
en argent doré.

445 — Bague Marquise, époque Louis XIV, en or émaillé
bleu, montée de dix-sept roses.

446 — Statuette d'homme en corail à bras articulés.

447 — Pierrot, Arlequin et Colombine, mosaïque italienne
d'un travail très-fin.

448 — Agrafe double en jade, avec dragon en relief, provenant du Palais-d'Été.

449 — Plaque carrée en jade sculpté.

450 — Plaque ovale en jade travaillé à jour.

451 — Médaillon en jade avec crapaud sculpté en relief.

452 — Divinité chinoise en jade rose.

453 à 455 — Petite Tasse, Chinois et Porte-Cigarettes en
jade.

456 — Tête de Mort en cristal de roche.

457 — Petite Breloque, Porte-Parfums en cristal de roche
taillé, monté en argent ciselé et doré.

458 — Petite Boîte ronde en ivoire avec miniature, portrait de Moine par Dupré, 1787.

459 à 462 — Deux Étuis et un Manche de cachet en nacre
sculpté, et un Étui en ivoire monté en or.

463 — Petite Statuette ancienne en bronze doré, pour cachet.

464 — Décoration chinoise en jade découpé à jour, orné de glands.

465 — Boîte à Mouches en écaille blonde, montée en or de deux couleurs, époque Louis XVI.

466 — Petite Boîte ovale, taillée en pierre dite plum-pudding.

467 — Décoration chinoise en bois rare sculpté, ornée de glands.

468 — Grand Étui en laque de Chine, monté en ivoire, richement travaillé.

469 — Collier composé de trente-trois perles d'ambre taillé.

470 — Collier composé de trente-quatre perles d'ambre taillé, avec fermoir ancien en argent.

471 — Collier composé de cent-six perles d'ambre taillé, avec fermoir en or.

472 — Un Moutardier en métal argenté, avec couvercle.

473 — Deux Salières Louis XVI en cuivre argenté, découpées à jour, et une Salière double semblable.

474 — Fontaine à thé Louis XVI, forme vase, avec écusson portant la devise (*Cattæ ad Bellum*), ornée de ciselures à perles.

475 — Petit Émail ovale, Amours camaïeu rose.

476 — Émail rond, scène d'intérieur.

477 — Petit Émail fond brun, avec deux Sujets mythologiques en grisaille.

478 — Tête de Vieillard, petit émail ovale, en grisaille.

479 — La Foi, l'Espérance et la Charité, trois petits émaux, très-riches de couleur.

480 — La Nativité, petit émail ovale.

LIVRES

481. Deux Volumes : Biographie des Souverains de l'Europe et des hommes illustres du siècle, par Mlle Meyer.

482. Description des travaux qui ont précédé, accompagné et suivi la fonte en bronze d'un seul jet de la statue équestre de Louis XV, le Bien-Aimé, dressé sur les mémoires de M. Lempereur, ancien échevin, par M. Mariette, honoraire amateur de l'Académie royale de peinture et sculpture, un Volume orné de planches.

483. Histoire des plus illustres favoris anciens et modernes, recueillie par feu M. Pierre Dupuis, avec un Journal de ce qui s'est passé à la mort du maréchal d'Ancre, un volume.

484. La sainte Bible, contenant l'Ancien et le Nouveau Testament, un volume relié en plein, tranche dorée.

485. Fables de La Fontaine illustrées, deux volumes.

486. La sainte Bible, par le Maistre de Sacy, deux volumes.

487. Essai sur la musique ancienne et moderne, quatre volumes ornés de vignettes et gravure sur acier, par Chenu.

488. **Andilly** (Arnaud d'). Histoire des Juifs, par Flavius Josèphe, enrichie de gravures en taille-douce. *Amsterdam*, 1681 ; gr. in-4. veau.

489. **Arnould.** Les Jésuites. 2 vol. en un in-8 illustré par E. Johannot, etc., etc., dem.-rel. *Paris, Dutertre,* 1846.

490. **Boldenyi**. La Hongrie ancienne et moderne illustrée. In-8, dem.-rel., n. rog. *Paris, H. Lebrun,* 1851.

491. **Beauchesne.** Louis XVII, sa vie, 3ᵉ éd. 2 vol. in-8, v. r., n. rog., tr. sup. dor., richement illustré. *Paris, H. Plon,* 1861.

492. **Bonaparte** (N.-L.). Des idées napoléoniennes. In-8, br. *Londres, Henri Colburn,* 1839.

493. **Brooks**. Modern Architecture being a series of designs, by H. Brooks, arch. *London,* 1852.

494. **Corneille Blessebois.** OEuvres satyriques de P. Corneille Blessebois, E. Eugénie et Mˡˡᵉ de Scay, tirées à 204 exemplaires. *Leyde,* 1676-1867.

495. **Corneille Blessebois.** Œuvres satyriques de P. Corneille-Blessebois. L'Almanach des belles pour 1676. Tirées à 204 exempl. (n° 179). *Leyde*, 1676-1866.

496. **Routaric** (E.). La France sous Philippe le Bel. In-8, dem.-rel. *Paris, Henri Plon*, 1861.

497. **Boufflers** (De). Ses œuvres. 4 vol. rel. v. pl. *Paris, Lelong*, 1823.

498. **Bernis.** Œuvres complètes, 2 vol. rel. v. pl. *Londres*, 1767.

499. **Barante** (De). Lettres de Louis XVIII au comte de Saint-Priest. In-8, dem.-rel. *Paris, Amyot*, 1845.

500. **Chateaubriand.** Lettre à un pair de France, par Chateaubriand. Plaquette cart. *Paris, Lenormand père*, 1824.

501. **Clinius.** De Animalibus. Histoire des animaux, traduit par Guérault, rel. v. vert, pl. et or, dor. sur tr. *Paris, Lefèvre.* 1845.

502. **Chevrier** (De). Mémoires d'une honnête femme, écrits par elle-même et publiés par M. de Chevrier. Dem.-rel. *Amsterdam, H. Constapel*, 1762.

503. **Champagne.** La Politique d'Aristote ou la Science des gouvernements, traduite du grec par le citoyen Champagne. 2 vol. in-8, n. rog., cart. *Paris, Ant. Bailleul*, an V.

504. **Cottin** (Mme). Amélie Mansfield. 3 vol., dem.-rel. *Paris, Ménard et Desenne fils*, 1821.

505. **Collé**. OEuvres choisies. Dem.-rel. *Paris, Didot*, 1819.

506. **Campan**. De l'Éducation. 2 vol. in-8, dem.-rel. *Paris, Beaudoin frères*, 1824.

507. **Crétineau-Joly**. Histoire des Traités de 1815. Dem.-rel. *Paris, Colomb de Batines*, 1842.

508. **Chevallier** (M^el). Exposition universelle de 1862. In-8, dem.-rel., tr. dor. *Paris, Napoléon Chaix et Comp.*, 1862.

509. **Cénac-Moncaut**. La Gaule méridionale. 2 vol. in-8 illust., dem.-rel., n. rog. *Paris*, 1848.

510. **Cervantès**. Trad. par L. Viardot. Don Quichotte de la Manche, vignettes de T. Johannot. 2 vol. In-8, dem.-rel. *Paris, Du Bochet*, 1837.

511. **Pitre-Chevalier**. La Bretagne moderne, illustrée par T. Johannot, rel. toile. *Paris, Didier*, 1859.

512. **Pitre-Chevalier**. La Bretagne ancienne. In-8 illust. par T. Johannot, rel. toile. *Paris, Didier*, 1859.|

513. **Challamel** (Augustin). Histoire-Musée de la République française jusqu'à l'Empire. 2 vol. in-8, dem.-rel. *Paris, Challamel*, 1842 (illustrée).

514. **Delavigne** (Casimir). OEuvres complètes. 6 vol. in-8, dem.-rel., n. rog. *Paris, Didier*, 1855.

515. **Dulomboy.** Aux mânes de Marie-Elisabeth Joly. Broch. *Paris, Delarue,* an VII.

516. **Duchamel** (L.). Poésies profanes de Claude Morenne, évêque de Séez, 1601-1606, tirées à 200 exemplaires. Caen, dem.-rel. *Legost Clerisse,* 1864. Papier de Hollande, n. rog.

517. **Didier** (Ch.). Une visite à M. le duc de Bordeaux, plaquette dem.-rel. *Paris, Michel Lévy,* 1849.

518. **Delille** (J.). Poésies fugitives. Rel. v. pl. *Paris,* 1807, dorées sur tranches.

519. **Dusaulx.** Satires de Juvénal. In-8, v. pl., *Paris, Lambert et J. Beaudoin,* 1782.

520. **Dutens.** Ses Mémoires. 3 vol., dem.-rel. v. *Londres,* 1806.

521. **Delille** (Jacq.). L'Homme des champs. Dem.-rel. *Strasbourg, Levrault,* an VIII, illustré.

522. **Dorat.** OEuvres complètes. 6 vol. rel. v. pl. *Neufchâtel,* 1776.

523. **Enault** (Louis). La Méditerranée. In-8, dem.-rel., dorée sur tranches. *Paris, Morizot,* 1863.

524. **Flotte** (De). Leçons élémentaires de philosophie. 2 vol. dem.-rel. *Paris, Brunot-Labbé,* 1845.

525. **Fromageot.** Annales du règne de Marie-Thérèse. In-8, rel. v. pl., enrichi de très-belles fig. *Paris, Nyon l'aîné,* 1781.

526. **Fleury.** Mœurs des Israélites. 2 vol., dem.-rel. *Bruxelles*, 1741.

527. **Foë** (Daniel de). Robinson Crusoë. 2 vol. in-8, dem.-rel., illust. *Paris, Verdière*, 1821.

528. **Guizot.** Beaux-Arts en général. In-8, dem.-rel. *Paris, Didier*, 1852.

529. **Guizot.** Monk. Chute de la République et rétablissement de la monarchie en Angleterre. In-8, broch. *Paris, Didier*, 1851.

530. **Gilbert.** OEuvres de Gilbert. 2 vol. en 1, v. pl. *Paris, Raymond et Ménard* (doré sur tranche), 1811.

531. **Godeau** (Ant.). Vie de saint Paul, rel. v. pl. *Paris, veuve Camusot*, 1651.

532. **Gault de Saint-Germain.** Guide des amateurs de tableaux pour les Écoles allemande, flamande et hollandaise. 2 vol., dem.-rel., n. rog. *Paris, J. Renouard et Comp.*, 1841.

533. **Gœthe.** Werther. In-8 illust., 14 eaux-fortes de T. Johannot, dem.-rel. ch. n. rog., tr. sup. dorée. *Paris, J. Lecou et Hetzel et Cie.*

534. **Grandville.** Les Étoiles. In-8 illustré en couleur, dem.-rel. ch., n. rog., tr. sup. dorée. *Paris, de Gonet.*

535. **Grandville.** Les Métamorphoses. In-8, dem.-rel., n. rog., tr. sup. doré, richement illustrée en couleur. *Paris, Gustave Havard*, 1854.

536. **Girardin** (De). Les Beautés de l'Opéra. In-8 richement illustré, dem.-rel. ch., n. rog., tr. sup. dorée.
Paris, Soulié, 1845.

537. **Goldsmith — Nodier** (Ch.). Le Vicaire de Wake-
field. Vign. de Tonny Johannot, in-8, dem.-rel., n. rog.,
tr. sup. dorée. *Hetzell, 1844.*

538. **Hugo** (Victor). La Normandie inconnue. Dem.-rel.,
Paris, Pagnerre, 1857.

539. **Harrington.** Aphorismes politiques de J. Harrington. Rel. v. pl. *Paris, Didot jeune,* l'an III.

540. **Deshoulières** (Mme). Ses œuvres. 2 vol. v. pl.
Paris, 1747.

541. **Hirmant.** Histoire des religions ou ordres militaires de l'Église et des ordres de chevalerie (illustrée).
Rel. v. pl. *Rouen, J.-B. Besongne, 1698.*

542. **Hudibras.** Poëme écrit dans le temps des troubles
d'Angleterre. 3 vol. veau, m. plein, texte anglais et françois, avec riches gravures. *Londres, 1757.*

543. **Harcourt** (Mme d'). Mme la duchesse d'Orléans. In-8,
dem.-rel. *Michel Lévy fr., 1859.*

544. **Hoffmann.** Contes fantastiques. In-8, dem.-rel.,
n. rog., tr. sup. dorée. *Paris, Vialot et Cie, 1855.*

545. **Janin** (Jules). L'Ane mort et la Femme guillotinée,
In-8 illust. par T. Johannot, dem.-rel. ch., n. rog., tr.
sup. dorée. *Paris, E. Bourdin, 1842.*

546. Janin (Jules). Rachel et la Tragédie. In-8, dem.-rel., illustré, n. rog. *Ad. Delahays*, 1861.

547. Jacob (Bibl.). **Lacroix** (P.). Imprimerie, Orfèvrerie, Joailliers, Chaussures. In-8, dem.-rel. ch., n. rog. *Ad. Delahays*. (Illustré.)

548. Jacob (Bibl.). Les Vieux Conteurs français. 2 vol. in-8. *Paris, A. Desrez*, 1838. Dem.-rel.

549. Jubé, baron de La Perelle (Auguste). Le Temple de la gloire ou les Faits militaires, époque de la Révolution française. Grand in-4 rich. illustré, dem.-rel. Complet.

550. Jubé, baron de La Perelle (Auguste). Le Temple de la gloire ou les Faits militaires, siècle de Louis XIV, Louis XV, Louis XVI. Grand in-4, rich. illust., dem.-rel. Complet.

551. Saint-Just. Rapport fait à la Convention nationale au nom de ses Comités de sûreté générale et de salut public, par Saint-Just. Plaquette cart. L'an II.

552. Joly (A). Antoine de Mont-Chrétien, poëte normand. Rel. cart., tiré à 105 exempl. sur vergé de Hollande. *Caen. Legost-Clerisse*, 1865.

553. Lafontaine. Les Fables ill. par Grandville. In-8, Dem.-rel. ch., n. rog., tr. sup. dorée. *Paris, Garnier frères*, 1855.

554. **Lamartine.** Jocelyn. 2 vol. in-8, veau plein, avec fers dorés. tranche dorée. *Paris, Ch. Gosselin et Furne,* 1837.

555. **Lamartine.** Harmonies. In-8, relié veau plein, avec fers dorés, tr. dor. *Paris, Ch. Gosselin,* 1833.

556. **Lamartine.** Méditations poétiques. In-8, rel. veau pl., avec fers dorés, tr. dorée. *Paris, Gosselin et Furne,* 1836. 2 vol.

557. **Le Sage.** Le Diable boiteux. In-8 ill. par T. Johannot, dem.-rel. chag., n. rog., tr. sup. dorée. *Paris, E. Bourdin.* 1842.

558. **Lavallée** (Th.). Histoire des Français depuis les Gaulois jusqu'en 1834. 2 vol. in-8, dem.-rel. chag., n. rog., tr. sup. dorée. *J. Hetzel,* 1847. (Illustrée.)

558. **Legay.** Mes Souvenirs et autres opuscules poétiques. 2 vol. veau pl. *Paris et Caen,* 1788.

560. **Larcher** (J.-J.). La Femme jugée par les grands écrivains des deux sexes. Riche et précieuse mosaïque richement illustrée, in-8 doré sur tr., rel. toile. *Paris, Garnier frères,* 1854.

561. **Lefèvre de La Boderie** (Guy). Confusion de la secte de Muhamed, dem.-rel. *Paris, Martin le jeune,* 1574.

562. **Lanzi** (Abbé). Histoire de la peinture en Italie. 5 vol. in-8, dem.-rel. n. rog. *Paris, Séguin,* 1824.

563. **Le Page** (Ch.). Chefs-d'œuvre des auteurs chansonniers. In-8, dem.-rel. *Paris, Constant Chantepie,* 1837.

564. Delille (abbé). Les Jardins. Dem.-rel. *Paris, Philippe-Denis Pierre*, 1782.

565. Malfilâtre. Narcisse dans l'isle de Vénus. Plaq., dem.-rel. *Paris*, 1795.

566. Malherbe. Poésies. Rel. veau pl. *Paris, S. Barbou*, 1764.

567. Marsile Fincir. Discours sur l'honneste amour, sur le Banquet de Platon. Traduit par Guy Lefèvre de La Boderie. Rel. veau pl. et doré. *Paris, Abel L'Angelier*, 1588.

568. Millevoye. Ses OEuvres. 2 vol., dem.-rel. *Paris, Furne*, 1833. Illust.

569. Necker (Mme). Nouveaux Mélanges. 2 vol., rel. veau pl. *Paris, Pougor*, an X.

570. Nus (E.) et **Méray** (Antony). L'Empire des légumes, drôleries végétales. In-8, dem.-rel. ch. n. rog., tr. sup. dorée, illustré en couleur par Amédée Varin. *Paris, G. de Gonet.*

571. Ovide. Métamorphoses. Traduction par Fontenelle. In-8, veau plein, 2 vol. *Lille, J.-B. Henry*, 1767.

572. Ossian. The poems of Ossian in the original gaelic with a literal translation into latin, etc. 3 vol. in-8, n. rog., cart. *London, W. Bulmer et Cie*, 1807.

573. Plutarque. Vie des hommes illustres. 10 vol. rel. veau pl. *Amsterdam, Zacharie Chatelain*, 1734.

574. **Piron**. OEuvres choisies. 2 vol. veau marbré et or. *Paris, Didot*, 1810.

575. **Piles**. Cours de peinture. Rel. veau pl. *Paris, Ch.-Ant. Joubert*, 1766.

576. **Pope**. OEuvres complètes. 8 vol. rel. veau pl. illustrées de très-belles gravures en taille-douce. *Amsterdam et Paris*, 1767.

577. **Rousseau** (J.-B.). OEuvres complètes. 5 vol. in-8, carton. n. rog. *Paris, Lefèvre*, 1820.

578. **Rochefoucault** (De La). Réflexions, Sentences et Maximes. Rel. veau pl. *Amsterdam*, 1748.

579. **Roullion-Petit**. Campagnes mémorables des Français. 2 vol. gr. in-4, 40 gravures d'après Vernet et Swebach, depuis l'an VI, l'expédition d'Égypte jusqu'aux traités de 1815, dem.-rel. *Didot jeune, Paris, chez Bancé aîné*, 1817.

580. **Ryer** (Du). L'Alcoran de Mahomet. Traduit de l'arabe par le sieur Du Ryer. Dem.-rel. *Ant. Du Sommaville*, 1672.

581. **Roudot**. De la grandeur possible de la France. In-8, dem.-rel. *Paris, Amyot*, 1851.

582. **Staël** (Baronne de). Corinne ou l'Italie. In-8, dem.-rel. n. rog. illust. *Victor Lecou*, 1853.

583. **Staël** (Mᵐᵉ de). Considérations sur les principaux événements de la Révolution française. Dem.-rel. *Paris, Charpentier*, 1845.

584. Sicotière (L. de La) et **Poulet-Malassis** (Auguste).
Le Département de l'Orne archéologique et pittoresque.
Richement illustré, gr. in-4. *Laigle, J. Buzelin*, 1845.

585. Sevignanæ ou Recueil de pensées ingénieuses,
tirées des lettres de Mme de Sévigné. Rel. veau pl. *Gregnon*,
1756.

586. Sarrazin. Histoire de la guerre de la Restauration.
In-8, rel. veau plein. *Paris, Rosa*, 1816.

587. Schesnebeck (Adrien). Histoire de la fondation
avec les habits des ordres des femmes, filles religieuses
(illust. richement). *Amsterdam.*

588. Serres (De). De la Cosmogonie de Moïse. Dem.-rel.
Paris, Lagny frères, 1838.

589. Sterne. Voyage sentimental, illustré par Tony
Johannot et Jacques. In-8. dem.-rel. chag. n. rog., tr.
sup. dorée. *Paris, Bourdin.*

590. Segrais. Poésies. Dem.-rel. *Caen, Chalopin fils*, 1833.

591. Segrais. Zayde, histoire espagnole avec un traité
de l'origine des Romains par Huet, évèque d'Avranches.
Petit vol. rel. veau pl. *Amsterdam, Antoine Schelste*, 1700.
Deux volumes en un.

592. Tabarin. Les OEuvres de Tabarin. Dem.-rel. *Paris,
Ad. Delahays*, 1858.

593. Lafosse (Touchard). La Loire historique, pittoresque et biographique ; 5 vol. in-8., dem.-rel., n. rog.,
illustrés. *Paris, A. Delahays*, 1856.

4

594. **Tessan** (Comte de). Romans de chevalerie. 4 vol. veau pl. *Paris, Pissot père et fils.* 1782.

595. **Voltaire.** Zadig. Rel. veau. *Londres, G. Sidney,* 1799. Petit format.

596. **Vauvenargues.** OEuvres choisies. Rel. veau marbré pl. *Paris, Perron et Comp.* 1822.

597. **Vertot** (Abbé de). Histoire des Révolutions arrivées dans le gouvernement de la République romaine. Trois vol. rel. veau pl. *Paris, Brocas.* 1767.

598. **Vertot** (Abbé de). Histoire critique de l'Établissement des Bretons dans les Gaules. Deux vol. rel. veau pl. *Paris, François Barois.* 1720.

599. **Vaultier.** Souvenir de l'Insurrection normande. Dem.-rel. ch. *Caen, Le Gost-Clérisse.* 1858.

600. **Williams** (Benjamin). Henrici Quinti Angliæ Regis gesta. Dem.-rel. *Londrici.* 1850.

601. **Webb** (Daniel). Recherches sur les Beautés de la peinture, etc. Rel. veau pl. *Paris, Briasson,* 1765.

602. **Winkelmann.** Histoire de l'Art chez les anciens. Deux vol. en un, rel. en maroq. plein. *Yverdun,* 1784.

603. **Young.** Les Nuits d'Young, traduites par Letourneur. 2 vol. veau pl. *Paris, Lejay,* 1769.

604. Ce que l'on n'a pas su et vu qu'il faut savoir, ou Annales parisiennes. Plaquette cart. *Paris, Knapen fils,* 1789.

605. Des Causes des désordres et de la misère publique. Plaquette cart. *Paris, Leborne*, 1792.

606. Lettre à un Missionnaire sur la légitimité du serment civique. Plaquette cart. 1791.

607. Le Manuel ou le petit Catéchisme de l'honnête homme. Plaquette cartonnée par M. François Cosmopolite. (Ancien).

608. Office des décades, ou Discours, hymnes et prières en usage dans le temple de la Raison, par Chenier Dusausoir. Plaquette cart. *Paris*, deuxième année de la République.

609. Des Fêtes ou Quelques idées d'un citoyen français relativement aux Fêtes publiques et au Culte national. Vol. cart. *Paris, Garnery*, an VII.

610. Album pittoresque, 38 jolies caricatures par Gavarni. Broch. *Paris*, 1848.

611. Grand Album relié toile et or de Hetzel. Amour et Psyché d'après le roman d'Apulée. 20 planches à l'eau-forte par Lorenz Frolich.

612. Album-Collection de 12 suertes de Toros par Luis Ferrant *à Madrid*.

613. Album. The route of the overland mailto India. *London, Atchley et Comp.*

614. Recueil des Vues des lieux principaux de la Colonie française de Saint-Domingue, gravées par Ponce, texte de Moreau-de-Saint-Mery, *Paris*. Grand in-4. 1791.

615. Deux petits Almanachs, 1808, 1812.

616. Nouveau Testament allemand. Rel. veau marb. *Büdengen*, 1739.

617. Keepsake de l'Art en province. In-8. rel. ch. doré sur tr., richement illustré. *Moulins. P.-A. Desroziers. Paris, Debure.*

618. Recueil en prose. Les plus agréables de ce temps. Curieux vol. rel. veau. *Paris, de Sercy*, 1663.

619. Nouvelle Moralité d'une pauvre fiille villageoise, laquelle aime mieux avoir la teste coupée par son père que d'estre violée par son seigneur, etc., etc. *Paris, Simon Cabcarin.* Plaquette dem.-rel. (Très-ancienne.)

620. Le Mystère du Chevalier qui donne sa femme au diable. Plaquette dem.-rel. (Très-ancienne.)

621. Sottie à dix personnages, jouée à Genève en la place Molard, le dimanche des Bordes, l'an 1523. *Louis-Pierre Rigaud.* Plaquette dem.-rel. (Très-ancienne.)

622. Le Chansonnier patriote. Plaquette dem.-rel. *Paris, Garnery*, l'an Ier de la République.

623. Chansons normandes du xie siècle, publiées pour la première fois sur les manuscrits de Bayeux et de Vire, avec introduction de M. A. Gasté, tiré à 200 exemp. *Caen, le Gost-Clérisse*, 1866.

624. Discours merveilleux de la Vie, Actions et Déportement de la reyne Catherine de Médicis. Plaquette dem.-rel. *La Haye*, 1663.

625. Le Curé d'Étavaux ou le Roi des gourmands; poëme histori-comique. Plaquette dem.-rel. *Caen, le Gost-Clérisse*, 1867.

626. Oraison funèbre sur le trépas de Henry de Bourbon. Plaquette dem.-rel. *Paris, Robin Thierry*, 1608.

627. La Vie et les bons Mots de M. de Santeuil. Dem. rel. *Cologne, Abraham l'Enclume*, 1740.

628. Mémoires de M. de La Porte, premier valet de chambre de Louis XIV. rel. veau pl. *Genève*, 1756.

629. Album d'eaux-fortes de chez Poillet, *Paris*. Grand in-8, 1638.

630. Lettres de Ninon de l'Enclos au marquis de Sévigné. Deux vol. en un, dem.-rel. *L. Duprat-Duverger*, 1810.

631. L'Esprit de Luxembourg ou Conférence qu'il a eue avec Louis XIV sur les moyens de parvenir à la paix. Plaquette dem.-rel. *Cologne, Pierre Marteau*, 1693.

632. Le Jeu du prince des Sots et mère Sotte, joué aux halles de Paris, le mardy gras 1511. Plaquette dem.-rel.

633. Farce joyeuse et récréative du Galant qui a fait le coup, à 4 personnages. Plaquette dem.-rel. *Paris*, 1610.

634. La Farce de là querelle de Gaultier Garguille et de Perrinne sa femme. Plaquette dem.-rel. *Vaugirard* par Aciou.

635. Novum Testamentum. Petit vol. dem.-rel. Parisiis apud Gulielmum Merlin, 1559.

636. Mémoires apologétiques de M. de Bastide. Ouvrage
fait en cinq jours par la nécessité des circonstances.
Plaquette de l'époque, dem.-rel.

637. Lettres sur la Coutume moderne d'employer le *vous*
au lieu du *tu*, etc. Rel. veau pl. *La Haye, Daniel Aillaud*,
1752.

638. Histoire du ministère du cardinal Mazarin. Rel.
veau pl. et or. *Cologne, Jacques Schouste*, 1668.

639. Histoire du Stathoudérat, depuis son origine jusqu'à
présent. *La Haye*, 1747. Rel. veau pl.

640. De la Prédication attribuée à l'abbé Loyer. Le *Caco-
monode*, histoire politique et morale attribuée au même.
Rel. veau plein. *Cologne*, 1766.

641. Les Métamorphoses ou l'Ane d'or d'Apulée. Rel.
veau pl., illustrées de figures. *Paris, Michel Brunet*, 1707.
2 volumes.

642. New series of views in the city of Bath. Riche album.

643. Souvenirs numismatiques de la Révolution de 1848.
Recueil complet in-4. dem.-rel. *Paris, J. Rousseau.*

644. Le Keepsake shakspearien. — 21 charmantes Têtes
de femmes, gravées par Ch. Heath, texte par Benjamin
Laroche, in-4. rel. en veau rouge doré et doré sur
tranche, *Paris, H. Mandeville.*

645. Leipzig und seine einige Bungen mit Zügsicht aus
ihr historisches Interesse, etc. In-4. toile, *Braunschweig,
George Wistermann*, 1841. Richement illustré.

646. Ordonnance et Instruction pour les changeurs et les collecteurs. Rel. veau. *Anvers, Hierome Verdussen,* 1633.

647. Collection de Relations de voyages. In-8. dem.-rel. *Paris, Constant Chantepie,* 1823.

648. Nouveau Testament. *Charenton, Ant. Cellier,* 1669. Veau marbré doré sur tr.

649. Le Chansonnier des grâces pour 1838 avec les airs nouveaux. Reliure maroquin rouge, doré sur tr. *Paris, Mme Louis.*

650. Le Nouveau Testament, riche reliure avec dessin aux petits fers, doré sur tranche. *Charenton, Étienne Lucas,* 1668.

651. Les Jésuites par un Jésuite. Dem.-rel. *Paris, Poussielgue-Rusand,* 1843.

652. .... Londres. Ouvrage d'un Français. 3 vol. très-curieux, veau pl. *Neufchâtel,* 1770.

653. Lettres choisies de Mesdames de Sévigné, de Grignan, de Simiane et de Maintenon. Deux vol en un, dem.-rel. *Paris, Robert,* 1813.

654. Doutes sur la Langue française proposés à Messieurs de l'Académie par un Gentilhomme de province. Petit vol. rel. veau. *La Haye,* 1674.

655. Amusements philosophiques et littéraires de deux amis. Rel. veau pl. *Paris, Prault l'aîné,* 1754.

656. Parabolæ, sive Excerpta, etc. Rel. veau, m. pl. avec tr., dorée sur tr. *Oxenii typographeo Clarendiniano,* 1784.

657. Trois heures d'Amusement. Le nouveau Comus. Rel. veau pl. *Paris, Debray,* an X.

658. Voyage en France par M. le Comte de Schleswig et Holstein. *Paris, de Varennes,* 15.. Rel. maroq. rouge.

659. Coup d'œil anglais sur les Cérémonies du mariage et Histoire de la félicité. Rel. veau marb. pl. *Genève,* 1750.

660. L'An 2440, Rêve s'il en fut jamais. Un vol. *Londres,* 1772.

661. Dictonnaire des Hérésies. 2 vol. veau pl. *Paris, Didot le Jeune,* 1777.

662. Histoire des Inquisitions. 2 vol. in-8. dem.-rel., n. rog. *Cologne, Pierre Marteau,* 1769.

663. Les Baisers de Jean Second. In-8, rel. veau pl. à Cythère, se trouve à *Paris* chez *Pillot,* 1771.

664. .... Leçons de Morale, de Politique et de Droit public pour l'instruction des princes, in-8, rel. veau pl. *Versailles,* 1773.

665. ...... Les Jésuites par un Solitaire. In-8, dem.-rel. *Paris, A. Appert,* 1843.

666. Catéchisme des Jésuites. Rel. veau pl. *Villefranche, Guillaume Grenier,* 1602.

667. Mémoires politiques, amusants et satiriques de Messire J. N. D. B. C. de L. 3 vol. veau pl. à *Véritopolie,* chez *Jean-disant-Vrai,* 1735, illustré.

GRAVURES, EAUX-FORTES

SAINT-AUBIN (AUGUSTIN de)

668 — Tableau des portraits à la mode.

Gravé par Courtois.

669 — Promenade des remparts de Paris.

Gravé par Courtois.

ÉCOLE ANGLAISE

670 — Les petits Dénicheurs de nids.

Gravure à la manière noire. Cadre Louis XIV sculpté.

BEAUDOUIN (D'après)

671 — Le Carquois épuisé.

Gravé par Delaunay.

672 — Les Soins tardifs.

Gravés par Delaunay.

673 — Offrande à Priape.

Gravé par Delaunay, avant la lettre.

BAUDOUIN (D'après)

674 — L'Escarpolette.

Gravé par Delaunay, avant la lettre.

BERTIN (D'après)

675 — Le Christ lavant les pieds à ses apôtres.

Gravé par Chéreau.

BOILLY

676 — La Marche incroyable.

Gravé par Bonnefoy.

BENWELL

677-678 — Deux petits Cadres, gravures coloriées : **Cupid's Revenge** et **Cupid Desarmed.**

Gravés par Bartolini.

COUSSIN (H.)

679 — Portrait de Belzunce, évêque de Marseille.

CORREGIO

680 — Les Baigneuses.

Avant la lettre, gravé par Porporati.

CALLOT

681 — Sainte Famille (Gravure).

DAUMIER (Henri)

682 — Les Cadavres, scène de la rue Transnonain.

Eau-forte.

DAVID (D'après)

683 — Le Sacre de l'Empereur.

Gravé par,...

684 — Marat.

Gravé par Copia.

DURER (Albert)

685 — L'Enfant prodigue (Gravure).

DURER (ALBERT)

686 — La Mélancolie.

Gravée par Johan Viric.

DUBUFFE (ÉDOUARD)

687 — Portrait de Rachel.

Avant la lettre, avec la signature de la tragédienne, gravé par Richardson Jakson.

ÉCOLE FRANÇAISE

688 — Portrait de Marie-Antoinette.

Gravé par Cochin.

689 — La Plumeuse de poules.

Gravure à la manière noire.

690 — Portrait de Bérenger.

Belle lithographie. Cadre ovale sculpté.

GIOTTO (D'après le)

691 — La Cène, fresque du couvent de Sainte-Croix à Florence.

Gravé par Lasinio.

GREUZE (D'après)

692 — L'Enfant au chien.

Gravé par Porporati.

GREUZE

693 — Le Gâteau des rois.

Gravé par Flipart.

ISABEY

694 — Portrait de jeune femme (Lithographie).

KNELLER (D'après)

695 — Portrait de Petrus Van der Plasse, le sculpteur (Gravure).

LEBRUN (D'après)

696 — L'Entrée de Jésus à Jérusalem (Gravure, cadre sculpté).

697-698 — Deux Voussures du Palais de Versailles.

Gravé par Tardieu.

LEBRUN (D'après)

699 — Jésus portant sa croix (Gravure, cadre sculpté).

LECOMTE

700 à 703. — Quatre Gravures coloriées : Scènes de la
vie villageoise.

Gravé par Jazet.

LECAMUS (Duval)

704 — La Mariée.

Gravé par Debucourt.

LANDSEER (Edwin)

705 — La Toilette du chien par la jeune fille.

Une des dix premières épreuves avant la lettre, gravé par
Samuel Cousin.

ORGAGNA (D'après)

706-707 — Le Jugement dernier et la Résurrection,
d'après les fresques au Campo Santo de Pise.

Gravure par Carlo Lasinio.

POUSSIN (D'après)

708 — Paysage.

Gravé par Girardet, 1817.

PRUDHON

709 — La Famille malheureuse (Lithographie).

PRUDHON (D'après)

710 — Une Pensée.

Lithographie par Aubry Lecomte. Cadre sculpté.

REMBRANDT

711 — Le Viatique (Eau-forte).

712 — La Prédication (Eau-forte).

713 — Portrait d'homme (Eau-forte).

714 — Tobie recouvrant la vue.

Gravé par Demarcenay.

REMBRANDT (D'après)

715 — Philosophe en méditation.

Gravé par Claessens. Cadre sculpté.

LOO (D'après Van)

716 — L'Amour se reposant.

Gravé par Bervic.

717 — Les Baigneuses.

Gravé par Lempereur.

LEBRUN (D'après Mme)

718 — Portrait de la reine Marie-Antoinette.

Gravé par Nargeot. Cadre sculpté.

RIGAUD (D'après)

119 — Portrait du cardinal Dubois.

Gravé par Drevet, 1724.

TÉNIERS (D'après)

720 — La Réjouissance des Flamands.

Gravée par Mule.

ALBRIER (D'après)

721-722 — J.-J. Rousseau aux Charmettes et endormi.

Gravé par H. Huet.

VINCI (Léonard de)

723 — La Cène.

Gravée par François Rinaldi.

———

724 — Un Carton de Gravures anciennes et modernes.

725 — Quatre Cartons renfermant environ 6 à 700 Gravures, Dessins, Lithographies, etc., etc., coloriés et non coloriés (Seront divisés).

———

GRAVURES EN COULEUR

Portraits des Souverains de l'Europe et Hommes illustres modernes, par Mᵐᵉ MEYER

———

726 — Le général **Bertrand**.

727 — Jean-Baptiste **Bessières**, duc d'Istrie, maréchal de France.

728 — Le général **Cambronne**.

5

729 — Le général **Charrette**.

730 — **Dupont** de l'Eure, député.

731 — Le vice-amiral comte **Emériau**.

732 — Le général **Foy**.

733 — **Frédéric-Guillaume III**, roi de Prusse.

734 — Le baron **Gruyer**, maréchal de camp.

735 — Le général **Kléber**.

736 — Le général **Lallemand**.

737 — **Masséna**, prince d'Essling, duc de Rivoli, maréchal de France.

738 — Le maréchal **Mac-Donald**.

739 — Le général **Molitor**.

740 — Le maréchal Victor **Périn**, duc de Bellune, pair de France.

741 — Le général comte **Pajol**.

742 — Le maréchal **Suchet**, duc d'Albuféra, pair de France.

743 — José **Seabra** da Silva, ministre de Portugal.

744 — Le général **Vandamme**.

745 — Le duc de **Wellington**.

LAWRENCE (D'après)

746 — Le Bouquet.

AQUARELLES, DESSINS, GOUACHES
PASTELS

ALBANE (D'après l')

747 — Vénus et Adonis. Gouache, époque Louis XIV.
Cadre sculpté.

748 — Sainte Famille.
Dessin sur vélin, époque Louis XIV.

AILLAUD (Alphonse)

749 — Un épisode de la guerre de Crimée.

Aquarelle exécutée pour le baron colonel Clément.

BOUCHER (F.)

750 — Portrait de jeune Femme (Pastel).

BLONDEL

751 — L'Aurore.

752 — La Nuit (Dessins au crayon noir).

BUDIN

753 — Un Trompe-l'œil.

Dessin à la plume, rehaussé d'aquarelle.

CALLOT (Genre)

754 — Scène de Patineurs (Gouache).

CARRACHE (D'après)

755 — La Madeleine au désert.

Sur vélin.

DUCHEMIN (E.)

756 — Peinture à la gouache sur vélin, pour éventail.

LATOUR

757 — Portrait de Mme la marquise du Châtelet (Pastel).

EISEN (Genre d')

758 — Allégorie de l'Amour (Gouache).

759 — Voyage de saint Christophe et Scène pastorale
(Gouache).

ÉCOLE FRANÇAISE

760 — Corbeille de Fleurs (Gouache, époque Louis XIII).
Cadre sculpté.

ÉCOLE FRANÇAISE

761 — Portrait d'un Pape. Gouache sur vélin. Cadre
sculpté.

762 — Port de mer (Gouache, époque Louis XVI).

763 — Les Moines quêteurs (Gouache, époque Louis XVI).

764 — L'Amour fuyant (Gouache).

765 — Les Attributs de la Mort. (Peinture à la gouache).

766 — La Vérité.
Aquarelle, cadre Louis XVI, en bois finement sculpté.

GALAISSE (HENRY)

767 — Chevaux de labour au repos.
Sépia, cadre Louis XIV sculpté.

GAVARNI

768 — Une Charge de Carnaval.
Aquarelle.

HUET

769-770 — Scènes Pastorales dans le goût de Boucher (Gouaches).

HERSENT

771 — Portrait de Charrette.

Crayon noir.

ÉCOLE ITALIENNE

772 — Jésus baptisé dans les eaux du Jourdain. Gouache.

Cadre en ébène.

LATOUR

773 — Portrait d'Homme. Pastel. Cadre sculpté.

LESUEUR (Genre de)

774 — Scènes pastorales (Gouache).

LANTARA

775 — Petit Paysage : Clair de lune.

LECOMTE

776 — Un Reposoir au Louvre.

Aquarelle.

LOIR (Nicolas)

777 — Saint Évêque bénissant une châsse.

Dessin rehaussé, riche cadre sculpté.

LAGRENÉE

778 — Une Scène du Déluge.

Très-beau dessin rehaussé, cadre sculpté et doré.

LESSORE (E.)

779 — Le Petit Savoyard malade.

Aquarelle, cadre Louis XIV, sculpté.

780 — Vue d'une Chaumière au bord de la rivière, avec Laveuse.

781 — Intérieur de Ferme.

Aquarelle, cadre Louis XIV sculpté.

MARINETTI

782 — Paysage.

Dessin à la plume avec sépia et bordure à l'encre de Chine.

783 — Un Bois à Charleston, ou les Mousses de la Caroline du Sud.

Dessin à la plume et à l'encre de Chine.

784 — Souvenir des Tropiques.

Dessin à la plume.

MADOU

785 — Tartuffe et Dorine.

Aquarelle.

NORBLIN, d'après REMBRANDT

786 — Le Sermon de saint Jean sur la montagne.

Sépia, très-belle composition.

POUSSIN (École du)

787 — Jésus remettant à saint Pierre les clés du Paradis.

Gouache. Cadre sculpté.

788 — Repas des Apôtres. Gouache. Cadre sculpté.

POUSSIN (École du)

789 — La Confirmation. Gouache. Cadre suculpté.

790 — La sainte Cène. Gouache. Cadre sculpté.

ROSALBA (Attribué à)

791 — Portrait de Mme de... Pastel. Cadre sculpté.

STELLA

792 — Dame Villageoise. Gouache, Cadre bois sculpté.

SAINT

793 — Un Trompe-l'œil d'une très-belle exécution, provenant de la collection de M. Mancel, de Caen.

LOO (D'après Van)

794 — Intérieurs de harem. Dessins au lavis d'encre de Chine.

795 — Un carton de Dessins anciens et modernes (Sera divisé).

LOO (D'après Van)

796 — Sujet Mythologique, époque Louis XIV. Cadre
sculpté. Gouache.

797 — Petits Amours recueillant du miel. Gouache,
époque Louis XIV. Cadre sculpté.

798 — Minerve.

799 — Vierge et Enfant.

MINIATURES

BERNY (Ch.)

800 — Portrait du général Travot.

CARRACHE (École du)

801 — La Vierge et l'Enfant Jésus endormi.

DEMARNE (Signé)

802 — Portrait de Snave.

GREUZE (D'après)

803-803 *bis* — Deux Portraits de jeunes filles.

Miniatures sur ivoire.

ÉCOLE FRANÇAISE

804 — Vision de saint François.

805 — Saint Jean, évangéliste. Cadre sculpté.

806 — Petit Garçon endormi. Époque Louis XVI.

807 — Jeune Fille jouant avec un chat. Époque Louis VXI.

808 — Portrait d'homme.

809 — Très-beau portrait de femme.

810 — La jeune Mère.

811 — La Cueillette des cerises par l'Amour.

Miniature.

ÉCOLE FRANÇAISE

812 — Portrait de Jeune Femme, époque Louis XV, cadre cuivre doré Louis XVI, sur fond en velours.

INCONNU

813 — Trois Miniatures portraits d'homme et de femme, et un Médaillon en cheveux, renfermés dans un cadre ovale doré, sur fonds en velours grenat.

TITIEN (D'après)

814 — Les Pèlerins d'Emmaüs. Cadre sculpté.

815 — Quatre petits cadres ronds avec portrait.

Gravures d'après le physionotrace.

816 — Petit fixé, paysage et personnages.

817 — Petit Portrait sur cuivre : Seigneur époque Louis XIII.

818 — Portrait du comte de Haembrecht, beau-frère de Metternich, évêque de Ruremonde.

Ivoire sur velours.

819-821 — Trois portraits de jeunes garçons.

822-823 — Deux Portraits d'homme et de femme sous le
Consulat.

824 — **Portrait d'un Officier de lanciers. Cadre en albâtre.**

825 — **Deux fixés. Paysages chinois.**

826 — **Jeune fille faisant semblant de dormir devant un
jeune garçon.**

827 — **Jeune femme donnant à manger à des oiseaux.**

828-829 — Deux fixés : Poniatowski se précipitant dans
la rivière, et la Mort de Poniatowski.

830 — Petit fixé : Paysage provenant de la vente Mancel,
de Caen.

831 — Médaillon-portrait d'homme, monture en or portant le monogramme G. V. B. 1792.

832 — Portrait d'homme, monture argent doré.

833 — Portrait de l'abbé Chaulieu. Cadre garni en argent.

834 — Deux Miniatures dans un même cadre : jeune *fille*
et jeune *garçon*.

835 — Treize Miniatures de Missel.

Sur vélin.

---

836 — Trente-deux Pièces Miniatures et Gravures pour livres de piété et broderies sur soie et papier.

PORTRAITS

des Souverains de l'Europe et Hommes illustres modernes

par Mlle MEYER

---

837 — **Alexandre Ier**, empereur de Russie.

838 — Le comte de **Saint-Jean-d'Angély.**

839 — Le duc d'**Anhalt de Bernebourg.**

840 — **Brune**, maréchal de France.

841 — **Benjamin Constant.**

842 — Le feld maréchal **Blücher**, prince de Wagstaed.

843 — Le général **Bisson**.

844 — Le grand duc de **Bade** et Zoehringen.

845 — Charles-Jean **Bernadotte**, roi de Suède et de Nor-
wége.

846 — Le prince Eugène **Beauharnais**.

847 — **Beurnonville**, maréchal et pair de France.

848 — Le maréchal **Berthier**, prince de Neuchâtel et de
Wagram, pair de France.

849 — Louis-Antoine-Henri de **Bourbon Condé**, duc
d'Enghien.

850 — Le duc de **Berry**.

851 — Le général **Carnot**.

852 — Le général **Compans**, pair de France.

853 — **Champagny**, duc de Cadore, pair de France.

854 — Le prince **Charles**, archiduc d'Autriche.

855 — **Castelreagh**, ministre anglais.

856 — **Canning**, ministre anglais.

857 — **Christian-Frédéric**, prince royal de Danemarck.

858 — Le comte **Daru**, pair de France.

859 — Le général **Drouot**.

860 — Le général **Dorsenne**.

861 — Le général **Delaborde**.

862 — Le duc **Decrès**.

863 — Le général **Duroc**, duc de Frioul.

864 — **Victor-Emmanuel I**er, roi de Sardaigne.

865 — **Frédéric-Auguste**, roi de Saxe.

866 — **Frédéric VII**, roi de Danemarck.

867 — **Ferdinand IV**, roi de Naples et Deux-Siciles.

868 — **Ferdinand VII**, roi d'Espagne.

869 — Le général **Freycinet**.

870 — **Fouché**, duc d'Otrante, ancien ministre.

871 — Georges **IV**, roi d'Angleterre.

872 — **Guillaume**, roi de Wurtemberg.

873 — Le général **Gudin**.

874 — **Jean VI**, roi de Portugal.

875 — **Kellermann**, duc de Valmy, maréchal et pair de France.

876 — Le général **Kleist**, comte de Nollendorf.

877 — Le général **Lafayette**.

878 — Le général **Lariboissière**.

879 — Le comte de **Langeron**, attaché au service de la Russie.

880 — Le duc de **Litto**.

881 — **Lannes**, duc de Montebello, maréchal de France.

882 — Le comte de **Léry**.

883 — Marquis de **Lauriston**, maréchal et pair de France.

884 — Le duc de **Lodi**.

885 — Le comte de **Lavallette**, pair de France.

886 — Le comte de **Lacépède**, pair de France.

887 — **Manuel**, député de la Vendée.

888 — **Maximilien-Joseph**, roi de Bavière).

889 — Le général baron **Maransin**.

890 — Le général **Montbrun**.

891 — Le maréchal **Mortier**, duc de Trévise, pair de France.

892 — Le comte de **Montgelas**.

893 — Le comte **Muraire**.

894 — Le comte **Mollien**, pair de France.

895 — Le comte de **Montalivet**, pair de France.

896 — **Monsieur**, comte d'Artois.

897 — **Manoel Cenaculo de Villasboas**, archevêque d'Évora.

898 — **Napoléon I**er.

899 — **Ney**, prince de la Moskowa, maréchal et pair de France.

900 — **Nelson**, amiral anglais.

901 — Le comte de **Neufchâteau**, ancien ministre.

902 — Son Altesse Royale le duc **d'Orléans**.

903 — **Oudinot**, duc de Reggio, maréchal et pair de France.

904 — Le pape **Pie VII**.

905 — Prince Joseph **Poniatowski**, maréchal de France.

906 — Marquis de **Palmella de Souza-Holstein**, ministre de Portugal.

907 — Le comte de **Pérignon**.

908 — **Quiroga**, général espagnol.

909 — Le roi de Rome.

910 — Henri de **La Rochejaquelein**.

911 — **Régnier**, duc de Massa-Carrara, ministre de la justice.

912 — Le général **Sébastiani**.

913 — Le comte Philippe de **Ségur**, pair de France.

914 — Le maréchal **Soult**.

915 — Le duc de **Saxe-Cobourg Saalfeld**.

916 — Le baron **Sacken**, général russe.

917 — Le baron **Ternaux**.

918 — Comte de **Toreno**, député espagnol.

919 — Général **Washington**, premier président des États-Unis d'Amérique.

920 — Le comte **Woronzow**, général russe.

GUIBERT, élève de Mlle MEYER

921 — Portrait de **Louis-Philippe**, roi de France.

TABLEAUX

—

AREN DE GELDER

922 — Un Bourgmestre et sa femme.

BARON (D'après)

923 — La Lettre.

BOUCHER (F.)

924 — Sous l'allégorie de la musique une jeune Femme
assise sur des nuages tient une lyre dans les
mains; de jeunes Amours et petits Génies jouant
avec des colombes, voltigent autour d'elle.

925 — Le Désir.

BRAUWER (A.)

926 — Buveurs.

Sur bois.

BRAUWER (D'après)

927 — Scène flamande.

> Sur bois, cadre sculpté.

BÉNÉDETTE (de Castiglione)

928 — Animaux au paturage près d'une ruine.

BRAMER (Léonard)

929 — Le Magicien.

BUDELOT

930-931 — Deux Paysages avec figures.

BREUGHÉL (de Velours)

932-933 — Deux Marines.

> Sur bois.

934 — L'Été.

935 — Le Printemps.

936 — L'Automne.

CASTET

937 — Paysage marine.

Sur bois.

938 — Paysage marine.

Sur bois.

CHALES

939 — La Fille mal gardée.

CLOUET (Genre de)

940 — Portrait de Michel de L'Hospital.

CORTÈS

941 — Vaches au paturage.

CORNEILLE (M.)

942 — Jésus apparaissant à Marie-Madeleine en bon jardinier.

Cadre sculpté Louis XIII.

WIK (Jean)

943 — Choc de cavalerie, au passage d'un pont.

Tableau provenant du château de Villers-Cottret.

COYPEL (Manière de)

944 — Joueurs de flûte et de tambour de basque.

DANLOUX

945 — Portrait de jeune femme, époque Louis XVI.

DIETRICK (Attribué à)

946-947 — Portraits de vieillards.

DROUAIS (Signé), 1745

948 — Portrait d'une dame de qualité.

> Portant le costume de la déesse Pomone, elle tient de la main droite une grappe de raisins ; une draperie lamée d'or l'entoure capricieusement ; une ceinture de soie bleue, négligemment nouée, retient imparfaitement sa taille, et son peignoir de batiste, entrouvert, laisse un de ses seins à découvert ; un jeune Amour lui tend une coupe.

DUCHAT

949 — Portrait d'un prélat.

EISEN

950 — La Sultane favorite.

951 — Intérieur de harem.

952 — La Petite marchande de fromages à la crème.

953 — L'Hiver.

Sur panneau.

ÉCOLE FLAMANDE

954 — L'Adoration des bergers.

Sur cuivre, cadre sculpté.

ÉCOLE FLAMANDE

955 — Paysage avec figures.

Sur bois.

956 — La Nativité.

Peinture sur cuivre, cadre sculpté.

957 — Chanteurs ambulants.

ÉCOLE FLAMANDE MODERNE

958 — Soldats dans une hôtellerie.

Sur bois.

ÉCOLE FRANÇAISE

959 — La Matrone d'Éphèse.

Sur bois, cadre florentin.

960 — Corbeilles de fruits.

Sur cuivre, cadre sculpté.

961 — Fruits sur une table.

Sur cuivre, cadre sculpté.

962 — Portrait de la princesse de Lamballe.

963 — Jésus devant ses juges.

Peinture sur cuivre, époque Louis XIV.

964 — Jésus enfant présenté au temple.

Époque Louis XIV, peinture sur cuivre.

965 — Diane au repos.

966 — Le Maître d'école.

967 — Portrait d'un Seigneur sous Louis XIV.

ÉCOLE FRANÇAISE

968 — Portrait d'une Princesse de la famille royale.

969-970 — Deux Portraits de femme.

Cadre noir.

FRANCK

971 — Thomiris se faisant présenter la tête de saint Jean-Baptiste.

Cadre, bois doré.

972 — Résurrection de Jésus.

973 — Couronnement de la Vierge.

Sur cuivre.

974 — Chasse au Cerf. Cadre sculpté.

FRANCK et BALEN (Van)

975 — Les Pèlerins d'Emmaüs.

Sur cuivre.

GALIJOT, 1707

976 — Intérieur d'un atelier de peintre.

GUIDE (École du)

977 — L'Enlèvement d'Europe.

Sur bois, cadre sculpté.

GAUTHIER

978 — Femme nue, vue de dos.

GOYEN (Signé Van)

979 — Ville maritime avec figures, d'un aspect très-animé et d'un coloris brillant.

GUERCHIN (École du)

980 — Agar dans le désert.

GÉRÉ

981 — Paysage avec rivière et vue d'un village.

(Exposition de Caen.)

ÉCOLE GOTHIQUE

982 — Le Christ en croix; à ses pieds, la Sainte Vierge,
saint Jean et le donataire à genoux.

Sur panneau.

HEUSS (Guillaume de)

983 — Paysage avec figures, rappelant Both d'Italie.

HUET (Attribué à)

984 — Saint Louis de Gonzague.

HEM (David de)

985 — Vase en cristal garni de fleurs.

HOLBEIN (École de)

986 — Portrait d'un homme de guerre.

ÉCOLE HOLLANDAISE

987 — Portrait d'homme coiffé d'un turban.

Sur bois.

ÉCOLE HOLLANDAISE

988 — Portrait de jeune homme.

Sur bois.

ÉCOLE ITALIENNE

989 — La Vierge et l'Enfant.

990 — La Grotte d'azur, île de Caprée, près Naples.

991 — Madeleine au désert.

992 — Portrait d'un personnage de qualité.

993 — Oh ! que c'est bon !

994 — Oh ! que c'est beau !

995 — La Vierge et l'Enfant Jésus.

Peinture sur cuivre.

LANCRET (D'après)

996 — Le Gascon puni.

997 — Réunion galante.

Sur bois.

LAGRENÉE (Signé et daté)

998 — L'Offrande à l'Amour.

Charmant tableau.

LEBRUN

999 — Portrait d'un jeune seigneur de la cour de
Louis XIV.

LEBRUN (Atribué à)

1000 — Portrait de Louis XIV.

LÉLI (Le Chevalier)

1001 — Portrait de femme, présumé être celui de la marquise de Fontanges.

Cadre en bois sculpté.

LOCATELLI

1002 — Port en Italie, barques et personnages.

LEBAS (Hippolyte)

1003-1004 — Deux Paysages.

MIGNARD (École de)

1005 — Portrait d'un maréchal de France.

Cadre sculpté.

1006 — Portrait d'une dame de la cour.

Cadre sculpté.

M. V. (Signé du monogramme)

1007 — Paysage, site montagneux.

Sur bois.

NATTIER (J.-B.)

1008 — Portrait de Jeune Femme Louis XV.

OSTADE (D'après)

1009 — Le Joueur de violon.

Sur bois.

PADOUAN

1010 — Baigneuses.

PATEL

1011 — Voyage de la Vierge.

1012 — Jésus enfant et Saint-Jean.

PATER (D'après)

1013 — Scène galante.

1014 — Scène galante.

Sur bois.

PAU DE SAINT-MARTIN

1015-1016 — Deux Paysages avec figures.

PERINO DEL VAGA (Attribué à)

1017 — Sainte Famille.

Cadre sculpté.

PHILIPPE LE NAPOLITAIN

1018 à 1021 — Chocs de cavalerie.

PIÈTRE DE CORTONE (D'après)

1022 — Allégorie de la Justice.

ELZEIMER (Adam)

1023 — Éliézer et Rébecca à la fontaine.

Peinture sur cuivre.

POUSSIN (Guaspre)

1024 — Paysage avec figures et barques; vue prise en Italie.

PETIT (Signé Joseph), 1793

1025 — Paysage avec berger et animaux.

RYCAERT (David)

1026 — Le Joueur de galoubet.

ROZHÉE (Signé)

1027 — Cheval à l'herbe avec un pâtre.

RIGAUD (Attribué à)

1028 — Portrait d'une princesse de la cour de Louis XIV.

1029 — Portrait d'un seigneur de la cour de Louis XIV.

ROTENHAMER

1030 — La Vierge et l'Enfant Jésus entourés d'anges.
Peinture sur cuivre, cadre sculpté.

RUBENS (École de)

1031 — L'Archange Michel terrassant le démon.
Sur bois.

1032 — Narcisse se contemplant dans le cristal d'une fontaine.

RUBENS (D'après)

1033 — Kermesse.

VALIN

1034 — Baigneuses dans un paysage.

VÉLASQUEZ

1035 — Chirurgien espagnol et son aide après une opération.

> Tableau d'une grande vérité d'expression et d'une belle conservation.

VIEN Fils

1036 — Portrait de Lacépède en costume de sénateur.

VOUET (D'après Simon)

1037 — Le Mariage mystique de sainte Catherine.

> Sur cuivre, cadre sculpté.

SOLIMÈNE

1038 — Sujet de plafond au Vatican.

TÉNIERS Père (ABRAHAM)

1039 — Scène de Bohémiens en Italie.

TÉNIERS Père (Attribué à)

1040 — La Tentation de saint Antoine.

TÉNIERS (D'après)

1041 — La Déclaration.

TRÉMOLLIÈRE

1042 — Le Printemps.

1043 — L'Automne.

VERDUSSEN

1044 — Charge de cavalerie.

Peinture d'une grande finesse d'exécution.

ZUCCARELLI

1045 — Paysage : Site italien.

Œuvre capitale du maître.

1046 — Paysage, formant pendant.

CHARPENTIER (D'après)

1047 — Pensent-elles à ces Oiseaux?

1048 — Les Amants supris.

GREUZE (Attribué à)

1049 — Jeune Fille effrayée par l'orage.

Tête d'expression.

RUGENDAS

1050 — Sobieski chassant les Turcs de Vienne.

FRAGONARD (Attribué à)

1051 — Le Serment d'amour.

1052 — La Fontaine de jouvence.

MANZONI

1053-1054 — Deux Vues de Venise.

Vᵉˢ RENOU, MAULDE et COCK, imprˢ de la Compagnie des Commissaires-Priseurs, rue de Rivoli, 144.   52137